# TRÊS OBJETOS

EXEMPLAR Nº 335

capa e projeto gráfico **FREDE TIZZOT**

encadernação **LAB. GRÁFICO ARTE E LETRA**

© Arte & Letra Editora
Todos os direitos desta edição reservados à Arte & Letra Editora

---

D 278
        De la Parra, Teresa
    Três objetos/Teresa de la Parra; tradução de Iara Tizzot.
    – Curitiba : Arte & Letra, 2019.
58 p.

ISBN 978-85-7162-001-8

1. Literatura venezuelana    I. Tizzot, Iara    II. Título

CDD V860

---

Índice para catálogo sistemático:
1. Ficção : Literatura venezuelana    V 860
Catalogação na Fonte
Bibliotecária responsável: Ana Lúcia Merege - CRB-7 4667

# ARTE & LETRA EDITORA

Alameda Dom Pedro II, 44. Batel
Curitiba - PR - Brasil / CEP: 80420-180
Fone: (41) 3223-5302
www.arteeletra.com.br - contato@arteeletra.com.br

Teresa de la Parra

# **TRÊS OBJETOS**

*tradução*
Iara Tizzot

**CURITIBA 2019**

# SUMÁRIO

O ERMITÃO DO RELÓGIO..............................7

O PRODÍGIO DA
BALANÇA DE CARTAS.................................37

HISTÓRIA DA SENHORITA
PARTÍCULA DE PÓ........................................49

# O ERMITÃO DO RELÓGIO

Era uma vez um capuchinho que, fechado em um relógio de mesa esculpido em madeira, tinha como ofício anunciar as horas. Doze vezes ao dia e doze vezes à noite, um engenhoso mecanismo abria de par em par a porta da capelinha ogival que representava o relógio e era possível, assim, se ver de fora como nosso ermitão puxava as cordas tantas vezes quantas o timbre, invisível dentro do seu campanário, deixava ouvir seu tim-tim de alerta. A porta voltava em seguida a se fechar com um impulso brusco e seco, como se quisesse escamotear o personagem; o capuchinho tinha magnífica saúde apesar de sua idade e de sua vida retirada. Um hábito de lá sempre novo e bem escovado descia sem uma mancha até seus pés desnudos dentro das sandálias. Sua longa barba branca, ao contrastar com suas bochechas frescas e rosadas, inspirava respeito. Tinha, em poucas palavras, tudo quanto se precisa para ser feliz. Iludido, longe de supor que o relógio obedecia a um mecanismo, estava certo de que era ele que dava as badaladas, coisa que o enchia de um sentimento muito vivo de poder e importância.

Por nada no mundo lhe ocorreria ir misturar-se com a multidão. Era suficiente o serviço imenso que fazia ao anunciar as horas. Para os demais, que se arranjassem sozinhos. Quando atraído pelo prestígio do ermitão alguém vinha consultá-lo em um caso difícil, enfermidade ou o que fosse, ele não se dignava sequer a abrir a porta. Dava a resposta pelo buraco da fechadura, coisa que não deixava de emprestar a seus oráculos um certo selo imponente de ocultismo e mistério.

Durante muitos, muitíssimos anos, Frei Barnabé (este era seu nome) achou em seu ofício de sineiro tão grande atrativo que isto lhe bastou para satisfazer a sua vida; pensem os senhores um momento: o povo inteiro da sala de jantar tinha os olhos fixos na capelinha e alguns dos cidadãos daquele povo nunca haviam conhecido mais distração que a de ver aparecer o frei com sua corda. Entre eles se contava uma compoteira que havia tido a vida mais cinza e desgraçada do mundo. Quebrada em dois pedaços desde seu começo, graças à afobação de uma criada, haviam juntado as partes com ganchinhos de ferro. Desde então, as frutas com que a enchiam antes de irem à mesa costumavam dirigir-lhe as mais humilhantes piadas. Consideravam-na indigna de conter suas preciosas pessoas.

Pois bem, aquela compoteira que conservava no corpo uma ferida avivada continuamente pelo sal do amor próprio, encontrava consolo em ver funcionar o capuchinho do relógio.

— Vejam – dizia às frutas burlonas –, vejam aquele homem de hábito pardo. Dentro de alguns instantes vai avisar que chegou a hora em que irão comer todas vocês – e a compoteira se regozijava em seu coração, saboreando antecipadamente sua vingança. Mas as frutas sem acreditar em uma palavra lhe respondiam:

— Você não é mais que uma aleijada invejosa. Não é possível que um canto tão cristalino, tão suave, possa anunciar um acontecimento fatal.

E também as frutas consideravam o capuchinho com complacência e também uns jornais velhos que debaixo de um console passavam a vida repetindo uns aos outros acontecimentos ocorridos há vinte anos, e a tabaqueira, e as pinças do açúcar, e os quadros que estavam pendurados na parede, e as garrafas de licor; todos, todos tinham a vista fixa no relógio e cada vez que se abria de par em par a porta de carvalho voltavam a sentir aquela mesma alegria ingênua e profunda.

Quando se aproximavam as onze horas e cinquenta minutos da manhã, chegavam então as crianças, sentavam-se em roda diante da lareira e esperavam pacientemente que soassem as doze, momento solene ente todos, porque o capuchinho em vez de se esconder com rapidez de ladrão uma vez terminada sua tarefa como fazia por exemplo à uma ou às duas (então se podia até duvidar de tê-lo visto), não, ficava ao contrário um tempo, longo, longo, bem apresentado, ou seja, o tempo necessário para as doze badaladas. Ah! E não tinha pressa então o irmão Barnabé! Muito sabia que o estavam admirando! Como quem não quer a coisa, fazendo-se de muito atento ao trabalho, puxava a corda, enquanto espiava com o canto dos olhos o efeito que produzia sua presença. As crianças se alvoroçavam gritando.

— Vejam como engordou.

— Não, está sempre o mesmo.

— Não senhor, está mais jovem.

— Porque não é o mesmo de antes, é seu filho. Etc., etc.

Os talheres já postos riam na mesa com todos os dentes de seus garfos, o sol iluminava alegremente o ouro das molduras e as cores brilhantes das telas que estas enquadravam; os retratos de família piscavam o olho; como dizendo: - Como? Ainda está aí o capuchinho? Nós também fomos crianças há já muitos anos e muito nos divertia.

Era um momento de triunfo.

Nesse momento chegavam os adultos, todo mundo se sentava à mesa e Frei Barnabé, sua tarefa terminada, voltava a entrar na capelinha com essa satisfação profunda do dever cumprido.

Mas, ai, chegou o dia em que tal sentimento já não lhe bastava. Acabou por cansar de tocar sempre a hora e cansou, sobretudo, de nunca poder sair. Puxar a corda do sino é até certo ponto uma espécie de função pública que todo mundo admira. Mas quanto tempo dura? Apenas um minuto em sessenta, e o resto do tempo o que se faz? Pois passear em volta da cela estreita, rezar um rosário, meditar, dormir, olhar por baixo da porta ou por entre as frestas do campanário um raio tênue de sol ou de lua. Estas ocupações são muito pouco apaixonantes. Frei Barnabé se aborreceu.

Um dia assaltou-o a ideia de fugir. Mas afastou com horror semelhante tentação relendo o regulamento inscrito no interior da capela. Era muito determinante. Dizia:

"Proibição absoluta a Frei Barnabé de sair, sob nenhum pretexto, da capela do relógio. Deve estar sempre pronto para dar as horas tanto do dia como da noite."

Nada podia tergiversar-se. O ermitão se submeteu. Mas quão dura resultava a submissão! E aconteceu que uma noite, como abrira sua porta para bater as três da madrugada, qual não foi sua estupefação ao encontrar-se frente a frente com um elefante que de pé, tranquilo, o olhava com seus olhinhos maliciosos e, claro, Frei Barnabé o reconheceu de imediato: era o elefante de ébano que vivia na prateleira mais alta do aparador, lá, no extremo oposto da sala de jantar. Mas como jamais o havia visto fora da referida prateleira, havia deduzido que o animal fazia parte dela, quer dizer, que o haviam esculpido na própria madeira do aparador. A surpresa em vê-lo aqui, na frente dele, deixou-o pregado ao chão e se esqueceu de fechar as portas, quando acabou de dar a hora.

— Bem, bem – disse o elefante -, vejo que minha visita causa no senhor certo efeito; está com medo de mim?

— Não, não é que tenha medo – balbuciou o ermitão -, mas confesso que... Uma visita! O senhor veio fazer-me uma visita?

— Mas é claro! Vim para vê-lo. O senhor tem feito tanto bem aqui a todo mundo que é justo que alguém por sua vez faça-lhe algum serviço. Além disso, sei como vive desgraçadamente. Vim consolá-lo.

— Como sabe que... ? Como pode supor?... Se nunca disse nada a ninguém... Será o senhor o diabo?

— Fique tranquilo – respondeu sorrindo o animal de ébano -, não tenho nada em comum com esse grande personagem. Não sou mais que um elefante... Mas isso sim, de primeira linha. Sou o elefante da rainha de Sabá. Quando vivia essa grande soberana da África era eu quem a levava em suas viagens. Vi Salomão: tinha trajes muito mais ricos que os seus, mas não tinha essa barba bonita. Quanto a saber que o senhor é desgraçado, não é mais que uma questão de adivinhar. Um indivíduo deve se aborrecer de morte com semelhante existência.

— Não tenho o direito de sair daqui – afirmou o capuchinho com firmeza.

— Sim, mas não deixa de se aborrecer por isso.

Esta resposta acompanhada de um olhar inquisidor do elefante causou muito mal ao ermitão. Não respondeu nada, não se atrevia a responder nada. Era imensa essa verdade! Aborrecia-se de morte. Mas assim era! Tinha um dever evidente, uma instrução formal indiscutível: permanecer sempre na capela para dar as horas. O elefante o considerou por longo tempo em silêncio como quem não perde o mínimo pensamento do seu interlocutor. Por fim, voltou a tomar a palavra:

— Mas – perguntou com ar inocente – por que razão o senhor não tem o direito de sair daqui?

— Prometi ao meu reverendo Padre, meu mestre espiritual, quando me mandou guardar este relógio-capela.

— Ah!... E isso faz muito tempo?

— Cinquenta anos mais ou menos – respondeu Frei Barnabé, depois de um rápido cálculo mental.

— E depois de cinquenta anos, nunca mais voltou a ter notícias desse reverendo Padre?

— Não, nunca.

— E que idade tinha ele naquela época?

— Suponho que andaria lá pelos oitenta.

— De modo que hoje teria cento e trinta, se não me engano. Então, meu querido amigo – e aqui o elefante soltou uma risada sardônica muito dolorosa ao ouvido – então quer dizer que o esqueceu totalmente. A menos que não tenha querido zombar do senhor. De todos os modos já está mais que livre de seu compromisso.

— Mas – objetou o monge -, a disciplina...

— Que disciplina!?

— Enfim... o regulamento – e mostrou o cartaz de regulamento que estava pendurado dentro da cela.

O elefante leu com atenção, e:

— Posso dar minha opinião sincera? A primeira parte deste documento não tem outro objetivo que assustá-lo. A inscrição essencial é: "Dar as horas do dia e da noite", este é seu estrito dever. Basta, portanto, que se encontre em seu posto nos momentos necessários. Todos os demais lhe pertencem.

— Mas o que eu faria nos momentos livres?

— O que fará – disse o animal de ébano mudando de repente o tom e falando com voz clara, autoritária, avassaladora -, subirá no meu lombo e eu o levarei ao outro lado do mundo por países maravilhosos que você não conhece. Sabe que há no armário secreto, aquele que não abrem nunca, tesouros sem preço, dos quais você não faz a menor ideia: bolsas de rapé nas quais Napoleão espirrou, medalhas com os bustos dos césares romanos, peixes de jade que sabem tudo o que acontece no fundo do oceano, um velho pote de gengibre vazio, mas tão perfumado ainda que a gente quase se embriaga ao passar ao seu lado (e se tem, então, sonhos surpreendentes). Mas o mais belo de tudo é a sopeira, a famosa sopeira de porcelana da China, a última peça restante de um serviço estupendo, raríssimo. Está decorada com flores e no fundo, adivinha o que tem? A rainha de Sabá em pessoa, de pé, sob uma sombrinha que solta chamas e levando no punho seu louro profeta. Se você soubesse! É linda, é adorável, coisa para ficar de joelhos! E o espera. Sou seu elefante fiel que a segue há três mil anos. Hoje me disse: "Vá buscar o ermitão do relógio, estou certa de que deve estar louco para me ver".

— A rainha de Sabá. A rainha de Sabá! – murmurava em seu foro íntimo Frei Barnabé trêmulo de emoção -. Não posso me desculpar. Eu preciso ir e em voz alta:

— Sim, quero ir. Mas a hora! A hora! Pense um pouco, elefante, já são quinze para as quatro.

— Ninguém notará se der de uma vez as quatro badaladas. Assim ficaria livre uma hora e quinze entre esta e a próxima badalada. É tempo mais que suficiente para ir apresentar seus respeitos à rainha de Sabá.

Então, esquecendo-se de tudo, rompendo com um passado de cinquenta anos de exatidão e de fidelidade, Frei Barnabé bateu febrilmente as quatro badaladas e saltou no lombo do elefante, que o levou pelo espaço. Em alguns segundos estavam em frente à porta do armário. O elefante deu três batidas com suas presas e a porta se abriu como por encanto. Deslizou, então, com amabilidade maravilhosa por entre os labirintos de tabaqueiras, medalhas, leques, peixes de jade e estatuetas e não demorou em desembocar em frente à célebre sopcira. Voltou a dar as três batidas mágicas, a tampa se levantou e nosso monge pode então ver a rainha de Sabá em pessoa, que de pé em uma paisagem de flores diante de um trono de ouro e pedrarias sorria com expressão encantadora levando em seu punho o louro profeta.

— Por fim o vejo, meu belo ermitão – disse ela -. Ah! Quanto me alegra sua visita; confesso que a desejava com loucura, cada vez que ouvia tocar o sino pensava: que som tão doce e cristalino! É uma música celestial. Gostaria de conhecer o sineiro, deve ser um homem de grande habilidade. Aproxime-se, meu belo ermitão.

Frei Barnabé obedeceu. Estava radiante em pleno mundo desconhecido, milagroso... Não sabia o que pensar. Uma rainha estava falando com ele familiarmente, uma rainha havia desejado vê-lo.

E ela seguia:

— Tome, tome esta rosa como lembrança minha. Se soubesse o quanto me aborreço aqui. Tenho tratado de me distrair com esta gente que me rodeia. Todos me fizeram a corte, alguns mais, outros menos, mas por fim me cansei. À tabaqueira não lhe falta graça; narrava de um modo passável relatos de guerra ou intrigas picarescas, mas não pude aguentar seu mau cheiro. O pote de gengibre tinha garbo e certo encanto, mas me é impossível estar a seu lado sem que me assalte um sono irresistível. Os peixes conhecem profundas ciências, mas não falam nunca. Somente o César de ouro da medalha me divertiu em realidade algumas vezes, mas seu orgulho acabou por me parecer insuportável. Não pretendia me levar em cativeiro sob o pretexto de que eu era uma rainha bárbara? Resolvi despachá-lo com toda sua coroa de ouro e seu grande nariz de pretensioso, e foi assim que fiquei sozinha, sozinha pensando no senhor o sineiro distante que tocava às noites tão linda música. Então disse a meu elefante: "vá e traga-o. Distrairemo-nos mutuamente. Eu lhe contarei minhas aventuras, ele me contará as suas". O senhor quer, lindo ermitão, que lhe conte minha vida?

— Oh, sim! – suspirou extasiado Frei Barnabé –. Deve ser tão bonita!

E a rainha de Sabá começou a recordar as aventuras magníficas que havia percorrido desde a noite em que havia se despedido de Salomão até o dia mais próximo em que, escoltada por seus escravos, sua sombrinha, seu trono e seus pássaros, havia se instalado dentro da sopeira. Havia material para encher vários livros e ainda não se referia a tudo; ia deixando-se levar ao acaso das lembranças. Havia percorrido a África, Ásia e as ilhas dos dois oceanos. Um príncipe da China, cavaleiro em um golfinho de jade, viera pedir a sua mão, mas ela o havia recusado porque estava fazendo projetos para uma viagem ao Peru, acompanhada de um jovem galante, pintado em um leque, que no instante de embarcar para Citeres, quando a viu passar, mudou de rumo.

Na Arábia havia vivido em uma corte de magos. Estes, para distraí-la, faziam voar ante seus olhos pássaros encantados, desencadeavam tempestades terríveis, no meio das quais se levantavam sobre as abas de suas vestes, faziam cantar estátuas que jaziam debaixo da areia, extraviavam caravanas inteiras, criavam miragens com jardins, palácios e fontes de água pura. Mas entre todas, a aventura mais extraordinária era aquela, a ocorrida com o César de ouro. É verdade que repetia: "me ofendeu por ser orgulhoso". Mas via-se sua satisfação, pois o César aquele era um personagem de muita consideração. Às vezes, no meio do relato o pobre monge se atrevia a fazer uma tímida interrupção:

— Creio que já é tempo de ir dar as horas. Permita-me que saia.

Mas imediatamente a rainha de Sabá, carinhosa, passava a mão pela formosa barba do ermitão e respondia sorrindo: como você é malvado, meu belo Barnabé, ficar pensando em um sino quando uma rainha da África lhe faz suas confidências! E além disso: ainda é de noite. Ninguém vai se dar conta da falta.

E retomava o fio de sua história assombrosa.

Quando terminou, dirigiu-se a seu hóspede e disse com a mais encantadora de suas expressões:

— E agora, meu belo Barnabé, cabe a você, parece que nada de minha vida lhe ocultei. É agora a sua vez.

E tendo feito o pobre monge deslumbrado sentar a seu lado, em seu próprio trono, a rainha jogou para trás a cabeça como quem se dispõe a saborear algo delicioso.

E aqui está o pobre Frei Barnabé que se põe a narrar os episódios de sua vida. Contou como o padre Anselmo, seu superior, o havia levado um dia ao relógio-capela; como lhe encomendou a guarda; quais foram suas emoções de sineiro principiante, descreveu sua cela, recitou de cabo a rabo o regulamento que aí encontrou escrito; disse que o único banco que podia sentar-se era um banco coxo; o quão duro era não poder dormir mais de três quartos de hora pelo perigo de não estar desperto para puxar a corda no momento exato. É verdade que enquanto enunciava coisas tão miseráveis, lá em seu foro íntimo tinha a impressão de que elas não podiam interessar a ninguém, mas já havia se lançado e não podia deter-se. Adivinhava de sobra que o que dele se esperava não era o relato de sua verdadeira vida que carecia no fundo de sentido, mas outro, o de uma existência bonita, cujas peripécias variadas e patéticas houvesse improvisado com arte. No entanto, ai!, carecia por completo de imaginação e quisera que não, havia que se limitar aos feitos exatos, ou seja, quase nada.

Em um dado momento do relato, levantou os olhos que até então, por modéstia, mantinha baixos cravados no chão e se deu conta de que os escravos, o louro, todos,

todos, até a rainha, dormiam profundamente. Somente o elefante velava

— Bravo! – gritou este -. Podemos agora dizer que é o senhor um narrador de primeira ordem. O próprio pote de gengibre não é nada a seu lado.

— Oh! Meu Deus! – implorou o Frei Barnabé –, terá se irritado a rainha?

— Ignoro. Mas sim o que sei é que devemos regressar. Já é de dia. Tenho o tempo justo para carregá-lo no lombo e reintegrá-lo à capela.

E era verdade. Rápido como um relâmpago nosso elefante de ébano atravessou a sala de jantar e se deteve diante da capela. O relógio da catedral da cidade apontava justo as oito horas. Arquejante, o capuchinho correu tocar as oito badaladas e caiu rendido de sono sem poder mais... Ninguém por sorte havia se dado conta de sua ausência.

Passou o dia inteiro numa ansiedade febril. Cumpria maquinalmente seu dever de sineiro, mas com o pensamento não abandonava um instante a sopeira encantada onde vivia a rainha de Sabá e se dizia: que me importa se me aborreço durante o dia, se à noite o elefante de ébano virá me buscar e me levará até ela? Ah! Que bela vida me espera!

E desde o cair da tarde começou a esperar impaciente que chegasse o elefante. Mas nada! As doze, a uma, as duas da madrugada passaram sem que o real mensageiro desse sinais de vida. Não podendo mais e dizendo a si mesmo que só se tratava de um esquecimento, Frei Barnabé se pôs a caminho. Foi uma longa e dura viagem. Teve que descer pela chaminé agarrando-se na tela que a cobria e como tal tela não chegava nem por muito custo até o chão, teve que saltar de uma altura igual a cinco vezes sua altura. E cruzou a pé a grande peça, tropeçando na escuridão com o pé da mesa, resvalando por cima de uma barata e tendo ainda que lutar com uma ratazana que lhe mordeu cruelmente uma perna. Demorou, em poucas palavras, umas duas horas para chegar ao armário. Imitou aí o procedimento do elefante com tão grande exatidão que lhe abriram sem dificuldade nenhuma, primeiro a porta, depois a tampa da sopeira. Trêmulo de emoção e de alegria se encontrou frente à rainha. Esta se surpreendeu muitíssimo:

— O que está acontecendo? – perguntou – O que quer, senhor capuchinho?

— Mas já não se lembra de mim? – disse Frei Barnabé muito sem graça-. Sou o ermitão do relógio... o que veio ontem...

— Ah! Então é o senhor o mesmo monge de ontem? Pois se quer que seja sincera, lhe darei um conselho: não apareça mais por aqui. Suas histórias, francamente, não são interessantes.

E como o pobre Barnabé não se atrevendo a medir as dimensões de seu infortúnio permanecesse imóvel...

— O senhor quer ir andando? – silvou o louro profeta precipitando-se em cima e cobrindo-o de bicadas -. Acabam de dizer-lhe que está de mais aqui. Vamos, saia e rápido.

Com a morte na alma, Frei Barnabé voltou a tomar o caminho da chaminé. Andando, andando dizia a si mesmo:

— Por haver faltado com o meu dever! Devia de antemão ter compreendido que tudo isto não passou de uma tentação do diabo para me fazer perder os méritos de toda uma vida de solidão e de penitência. Como era possível que um desgraçado monge, em hábito rústico, poderia lutar contra a lembrança de um imperador romano no coração de uma rainha! Mas... que linda, que linda ela era!

Agora é preciso esquecer. É preciso que de hoje em diante não pense mais que em meu dever: meu dever é dar a hora. Eu o cumprirei sem desfalecimento, alegremente até que a morte me surpreenda na extrema velhice.

Queira Deus que ninguém tenha se dado conta da minha fuga! Tomara que eu chegue a tempo! São sete e meia. Se não chegar às oito em ponto, estou perdido. É o momento em que se desperta a casa e todos começam a viver.

E o pobre se apressava, as pernas já cansadas. Quando teve que subir agarrando-se às molduras da chaminé, todo o sangue de seu corpo parecia zumbir no seu ouvido.

Chegou lá em cima meio morto. Inútil esforço! Não chegou a tempo... As oito horas estavam tocando.

Digo bem: as oito estavam tocando! Tocando sozinhas, sem ele! A porta do relógio havia se aberto de par em par, a corda subia e descia, como se suas mãos estivessem puxando-as; e as oito badaladas cristalinas soavam...

Afundado no estupor, o pobre capuchinho compreendeu. Compreendeu que o sino funcionava sem ele, quer dizer, que ele não havia contribuído nunca em nada para o jogo do mecanismo. Compreendeu que seu trabalho e seu sacrifício diário não eram senão de riso, quase, quase um escárnio público. Tudo se desmoronava ao mesmo tempo: a felicidade que havia esperado receber da rainha de Sabá e esse dever futuro que havia resolvido cumprir de agora em diante obediente em sua cela. Esse dever não tinha já objeto. O desespero negro, imenso, absoluto penetrou em sua alma. Compreendeu então que a vida sobrelevada em tais condições era impossível.

Então rompeu em pedaços a rosa que lhe presenteara a rainha de Sabá, despregou o regulamento que estava pendurado na parede da cela, e agarrando o extremo da corda que se mostrava como de costume sob o teto, aquela mesma que tantas, tantas vezes haviam suas mãos puxado tão alegremente, passou-a agora ao redor do pescoço e dando um salto para o vazio, se enforcou.

# O PRODÍGIO DA BALANÇA DE CARTAS

Era uma vez um gnomo extremamente esperto e habilidoso: todo feito de arame, tecido e pele de luva. Seu corpo lembrava uma batata, sua cabeça uma trufa branca e seus pés duas colherezinhas. Com um pedaço de arame de chapéu fez-se um par de braços e um par de pernas. As mãos enluvadas com camurça cor de creme não deixavam de dar-lhe certa elegância britânica, desmentida, talvez, pelo chapéu que era de pimentão vermelho. Quanto aos olhos, particularidade misteriosa, estavam voltados obstinadamente para a direita, coisa que lhe dava um ar estrábico extremamente extravagante.

Envaidecia-se muito por sua origem irlandesa, terra clássica de fadas, sílfides e pigmeus, mas por nada no mundo teria confessado que lá em seu país havia modestamente tomado parte de um grupo de menestréis ou cantores ambulantes: tal detalhe não era motivo de interesse a ninguém.

Depois de sabe Deus que viagens e aventuras extraordinárias, havia chegado a obter um dos mais altos postos a que possa aspirar um gnomo de couro.

Era o prodígio da balança de cartas sobre a escrivaninha de um poeta. Entenda-se com isso que instalado no prato da máquina brilhante se balançava o dia inteiro sorrindo com malícia. Nos primeiros tempos, com certeza, havia compreendido a honra que lhe foi feita por lhe darem aquele posto de confiança. Mas à medida que escutava o poeta, seu dono, dizer a cada momento: "Cuidado! Que ninguém toque nele, que não lhe passem o espanador. Olhem como é gracioso... É ele que comanda o vaivém de bilhetes e cartas!...", acabou por tornar-se tão pretensioso que perdeu por completo o sentido de sua importância real – a ponto de que quando o tiravam um instante de seu lugar para pesar cartas, tinha verdadeiros ataques de raiva e gritava que ninguém tinha o direito de incomodá-lo, que ele estava em sua casa, que faria duplicar a tarifa e demais maldades delirantes.

Passava o dia, então, sentado na balança de cartas como um príncipe merovíngio em seu escudo. De lá de cima contemplava com desdém todo o mundo diminuto da escrivaninha: um relógio de ouro, uma casca de noz, um ramo de flores, uma luminária, um tinteiro, uma fita métrica, um grupo de barras de lacre de cores vivas, alinhados muito respeitosamente em torno do carimbo de cristal.

— Sim – dizia-lhes de cima –, eu sou o prodígio da balança de cartas e todos vocês são meus humildes súditos. A casca de noz é meu barco para quando quiser regressar à Irlanda, o relógio está aí para indicar a hora que me dignarei a dormir; o ramo de flores é meu jardim; a luminária me ilumina se desejo ficar acordado; a fita métrica é para anotar os progressos de meu crescimento (meço cento e setenta milímetros desde que me veio a ideia de usar calçado medieval).
– Não sei ainda que farei com os lacres - . Quanto ao tinteiro, está aí, não resta dúvida, para quando eu quiser me divertir jogando pingos de saliva.

E dizendo assim começava a cuspir dentro do tinteiro com uma sem-vergonhice sem tamanho.

— Você é um grande mal-educado - protestava o tinteiro -. Se eu pudesse subir até aí, faria uma boa mancha na sua bochecha e escreveria nas suas costas com letras garrafais "gnomo malvado".

— Sim, mas como é mais pesado que o chumbo com sua água asquerosa de cloaca, não pode fazer nada. Se me inclino sobre você, queira ou não, terá que refletir minha imagem.

E seu rosto, com efeito, aparecia no fundo do poço de cobre negro e brilhante como o de um diabinho brincalhão.

Quando seu dono sentava à escrivaninha, o gnomo fazia um ar hipócrita e sorria como que dizendo: "Tudo está em ordem. Pode escrever páginas lindíssimas, eu estou aqui".

Então o poeta, que era de natureza bondosa e que se enganava facilmente, olhava para o prodígio com complacência e colocando um palito de incenso verde no piveteiro, punha-o para arder. A fumaça subia em finas espirais até o gnomo e cobria-lhe a cabeça com sua doce carícia azulada. O diminuto personagem respirava o perfume com alegria e estremecia de tal modo que a balança marcava quinze gramas em lugar de dez que era seu peso normal, pelo qual deduzia que o incenso era o único alimento digno dele, uma vez que era o único de que ele se beneficiava.

Uma noite em que dormia profundamente uma música muito suave o despertou. Eram dois pobres menestréis vestidos mais ou menos como ele e do mesmo tamanho, que vinham lhe fazer uma serenata: um tocava violão cantando com expressão apaixonada; o outro o acompanhava cantarolando com as mãos sobre o coração, como quem diz: "que música divina, nunca senti prazer igual".

— O que é isto? O que está acontecendo? – perguntou o gnomo esfregando os olhos com um punho enfurecido. – Quem se atreve tocar e cantar de madrugada aqui na minha mesa?

— Somos nós – contestou o violonista com muita doçura -. Parece que a sorte sorriu para você desde o dia que você foi embora de nosso grupo ambulante. É hoje um grande personagem... e veja, fizemos a viagem. Estamos muito cansados...

— Em primeiro lugar, proíbo-os de me chamarem por você e em segundo, não os conheço! Que brincadeira é essa? Eu, eu em um grupo de menestréis... Estão loucos? Saiam, saiam daqui, pedaços de vagabundos!

— Mas, é verdade que não nos reconhece, meu senhor? – insistiu o músico decepcionado. – Éramos três, lembre-se, e fazíamos muito sucesso... eu ficava no meio, meu companheiro à direita e o senhor à esquerda, ficando vesgo para que as pessoas rissem. O senhor tem sempre o mesmo olhar. Tome, aqui tenho a fotografia que um fã tirou na véspera do dia em que o senhor foi embora.

E pondo o violão de lado tirou um rolo de papel de brometo que esticou. Apareciam, de fato, os três menestréis de couro e arame: o da direita era efetivamente o prodígio da balança de cartas.

— Ah! Isto já é demais – gritou exasperado -. Eu não gosto de chacotas. Sou o prodígio da balança de cartas e não tenho nada a ver com mendigos como vocês.

— Mas, meu senhor – respondeu o violonista, a quem invadia uma profunda tristeza -. Não estamos pedindo grande coisa; somente o que nos permita viver aqui em sua formosa propriedade. Pense que gastamos na viagem todas nossas economias.

— Não me diz respeito.

— Não o incomodaremos em nada. Tocaremos lindas romanças.

— Não gosto de música. Além disso, vejo-os por aí: fariam correr certas conversas prejudiciais a meu bom nome, muito obrigado, minha situação é muito invejada... Conheço certo tinteiro que se sentiria encantado se pudesse salpicar-me com suas calúnias. Arranjem-se como puderem. Eu não os conheço.

— É sua última palavra? – perguntaram os menestréis rendidos sob tanta ingratidão.

— É minha última palavra – concluiu o prodígio da balança de cartas.

E como os desgraçados músicos permaneceram ainda indecisos e desesperados:

— Querem sair rapidamente – bramou, pondo-se de pé sobre o prato – ou chamo a polícia?

Mas em sua exaltação, resvalou, faltou-lhe o pé e rodou, soltando uma horrível interjeição, até cair no fundo do tinteiro, que o engoliu.

Sem dar ouvidos a outros sentimentos que não fossem os da coragem e da generosidade, os dois menestréis quiseram livrar o amigo de outros tempos. Mas por desgraça, o tinteiro que tinha muitas contas a acertar, deixou cair sua tampa com estrépito e os menestréis não puderam nem movê-la.

No dia seguinte, quando o poeta viu o desastre, compreendeu o que tinha acontecido e sentiu repugnância pela ingratidão do gnomo. Depois de tê-lo extraído do poço negro e de ter tentado em vão limpá-lo, não sabendo o que fazer com ele e não querendo jogá-lo no lixo, enfiou-o no fundo de uma gaveta.

Em seu desterro, o gnomo de couro não perdeu seu orgulho. Continua deslumbrando com seus contos fantásticos os habitantes do novo meio social: um peso de papel quebrado, um casco de tartaruga e um punhado de velhas faturas.

— Quando eu reinava na balança de cartas, era eu que fazia os telegramas chegarem. Mas um dia, um louco me empurrou em um tinteiro...

Quanto aos dois menestréis, o poeta os colocou sobre um grande galho de folhagem. Parecem dois pássaros coloridos em um bosque virgem e aí cantam o dia inteiro de um modo encantador.

# HISTÓRIA DA SENHORITA PARTÍCULA DE PÓ

Era uma manhã de fim de abril. O bom tempo em delírio contrastava ironicamente com um mísero trabalho de escrivão que eu tinha em mãos naquele dia. De repente, como tinha levantado a cabeça, vi Jimmy, meu boneco de feltro que se mexia na minha frente, apoiando as costas na coluna da luminária. A cúpula servia-lhe de guarda-sol. Não me via e seu olhar, um olhar que eu não conhecia, estava fixo com estranha atenção em um raio de sol que atravessava o cômodo.

— O que você tem, querido Jimmy?

— No passado – respondeu-me simplesmente sem me olhar, e voltou a sumir em sua contemplação.

E como temesse ter me ferido pela resposta brusca:

—Não tenho motivos para esconder nada de você – replicou -. Mas por outro lado, você não pode fazer nada, ai!, por mim – suspirou de um jeito que me despedaçou o coração.

Tomou um certo tempo. Deu meia volta nos dois anéis de feltro que rodeiam suas pupilas pretas e que são a alma de sua expressão. Esta ficou na posição de atenção íntima, de sonho melancólico. E me falou assim:

— Sim, penso no passado. Penso sempre no passado. Mas hoje especialmente, esta primavera morna e insinuante reanima minha lembrança. Quanto ao raio de sol que crava a seus pés, preste atenção, o tapete que transforma, este raio de sol se parece tanto àquele outro no qual encontrei pela primeira vez... Ah! Sinto que vai precisar suprir com sua complacência a pobreza de minhas palavras!

"Imagine a criatura mais loira, mais prateada, mais loucamente etérea que não tenha nunca dançado sobre as misérias da vida. Apareceu e minha ilusão se harmonizou no instante com sua presença milagrosa. Que encanto! Descia pelo raio de sol, pisando com sua presença o caminho de claridade que acabou de me lembrá-la. Suspiros imperceptíveis a nosso grosseiro tato animavam ao seu redor um grupo de seres semelhantes a ela, mas sem sua graça soberana nem seu atrativo fulminante. Ela saltava com todos por um instante, juntava-se a suas rodas, escapava hábil por um interstício, evitava de um pulo o torpe abraço do monstro – mosquito ébrio e pesado como uma fera – enquanto um balanceio insensível e doce ia atraindo-a até mim. Meu Deus! Como era linda!

Quanto ao rosto não tinha nenhum propriamente dito. Posso dizer a você que na realidade não possuía uma forma precisa. Mas tomava do sol, com vertiginosa rapidez, todos os rostos que eu pudesse sonhar e que eram precisamente os mesmos com que sonhava quando pensava no amor. Seu sorriso em vez de limitar-se às rugas da boca se estendia por sobre todos os seus movimentos. Assim aparecia, tão de repente loira como o reflexo de um cobre, tão de repente pálida e cinza como a luz do crepúsculo, às vezes escura e misteriosa como a noite. Era ao mesmo tempo suave como o veludo, louca como areia ao vento, traiçoeira como o ápice de espuma no topo de uma onda que explode. Era mil e mil coisas mais rápidas que minhas palavras não conseguiam seguir suas metamorfoses.

Fiquei muitíssimo tempo olhando-a, invadido por uma espécie de estupor sagrado... De repente soltei um grito... A bailarina etérea ia tocar o chão. Todo meu ser protestou diante da ignomínia de tal encontro, e atirei-me.

Meu movimento brusco produziu extrema perturbação no mundo de raio de sol e muitos dos serezinhos se lançaram, acho que por medo, às alturas. Mas meus olhos não perdiam de vista minha amada. Imóvel, contendo a respiração, espreitava com a mão estendida. Renuncio a dar detalhes de meu estado de espírito. Meu coração batia de forma tão acelerada que em minha mão trêmula minha amada ainda dançava. Era uma valsa lenta e cadenciada de uma faceirice infinita.

— Senhorita Partícula de Pó... – disse.

— E como sabe meu nome?

— Por intuição – contestei -, o... enfim... o amor.

— O amor! – exclamou -. Ah! – e voltou a dançar porém de um modo impertinente. Pareceu-me que ria.

— Não ria – censurei-a -, eu a amo de verdade. É muito sério.

— Mas eu não tenho nada de séria – replicou -. Sou a Senhorita Partícula de Pó, bailarina do sol. Sei muito bem que minha linhagem não é das mais brilhantes. Nasci de uma fissura do piso e nunca mais vi minha mãe. Quando me dizem que é uma modesta sola de sapato, tenho que acreditar, mas nada me importa posto que agora sou a bailarina do Sol. Não pode me querer. Se me quiser, vai querer também me levar com você e, então, o que seria de mim? Experimente, tire sua mão um instante e ponha-a fora do raio.

Obedeci. Qual não foi minha decepção quando em minha mão, reintegrada à penumbra, contemplei uma coisinha lamentável e disforme, de um cinza duvidoso, toda ela inerte e achatada. Tive vontade de chorar!

— Está vendo - ela disse -. Já está feita a experiência. Só vivo para a minha arte. Volte a me pôr logo no raio de sol.

Obedeci. Agradecida dançou de novo um instante em minha mão.

— Do que é feita sua mão?

— É de feltro – contestei ingenuamente.

— É áspera! – exclamou -. Prefiro meu caminho aéreo – e tratou de voar.

Não sei o que me invadiu. Furioso pelo insulto, mas também pelo medo de perder minha conquista, joguei minha vida inteira em uma decisão audaz. 'Será opaca, mas será minha', pensei. Peguei-a e fechei-a dentro de minha carteira que coloquei sobre meu coração.

Está aqui há um ano. Mas a alegria fugiu de mim. Não me atrevo a olhar para esta fada que escondo por sabê-la tão diferente daquela visão que despertou meu amor. E no entanto, prefiro retê-la assim a perdê-la para sempre quando devolver sua liberdade."

— Quer dizer que ainda a tem em sua carteira? – perguntei-lhe mordido pela curiosidade.

— Sim. Quer vê-la?

Sem esperar minha resposta e porque não podia aguentar mais seu próprio desejo, abriu a carteira e tirou o que se chamava: "a múmia da Senhorita Partícula de

Pó". Fiz como se a visse, mas só por amabilidade, pois no fundo não via absolutamente nada. Houve um minuto de silêncio penoso entre mim e Jimmy.

— Se quer um conselho – disse-lhe por fim – dou este: dê liberdade à sua amiga. Aproveite esse raio de sol, embora não dure mais de duas horas serão duas horas de êxtase. Isso vale mais que continuar o martírio em que você vive.

— Você acha realmente? – interrogou olhando para mim com ansiedade -. Duas horas. Ah, que tentação estou sentindo! Sim, acabemos: que seja!

Assim dizendo, tirou da carteira a Senhorita Partícula de Pó e voltou a colocá-la no raio de sol. Foi uma ressurreição maravilhosa. Saindo de sua misteriosa letargia, a bailarina se levantou louca, imponderável e espiritual, idêntica à descrição entusiasta que me fizera Jimmy. Compreendi de imediato sua paixão. Era só vê-lo imóvel, boquiaberto, ébrio de beleza. A voluptuosidade amarga do sacrifício se unia à alegria puríssima da contemplação. E para falar a verdade, seu rosto parecia mais belo que a dança da fada, uma vez que estava iluminado de uma nobreza moral estranha à falaz bailarina.

De repente, juntos, emitimos um grito. Um inseto enorme e estúpido, inseto grande como a cabeça de um alfinete, ao bocejar acabava de engolir a Senhorita Partícula de Pó.

Que mais dizer agora?

O pobre Jimmy com olhos fixos ponderava a extensão de seu deleite. Ficamos um bom tempo silenciosos incapazes de achar algo que pudesse expressar, eu meu arrependimento e ele seu desespero. Não disse nem para mim, nem para a fatalidade sequer uma palavra de reprovação, mas vi muito bem como, com o pretexto de levantar o anel de feltro que gradua a expressão de suas pupilas, enxugou furtivamente uma lágrima.

ESTE LIVRO FOI PRODUZIDO NO LABORATÓRIO
GRÁFICO ARTE & LETRA, COM IMPRESSÃO EM
RISOGRAFIA E ENCADERNAÇÃO MANUAL.